Emil Ulrici

# Die Indianer Nord-Amerikas: eine ethnographische Skizze

Antigonos

**Emil Ulrici**

# Die Indianer Nord-Amerikas: eine ethnographische Skizze

Unveränderter Nachdruck der Originalausgabe von 1867.

1. Auflage 2024   |   ISBN: 978-3-38615-756-8

Antigonos Verlag ist ein Imprint der Outlook Verlagsgesellschaft mbH.

Verlag: Outlook Verlag GmbH, Zeilweg 44, 60439 Frankfurt, Deutschland, info@outlook-verlag.de
Vertretungsberechtigt: E. Roepke, Zeilweg 44, 60439 Frankfurt, Deutschland
Druck: Libri Plureos GmbH, Friedensallee 273, 22763 Hamburg, Deutschland

# Die
# Indianer Nord-Amerikas.

Eine ethnographische Skizze

von

## Emil Ulrici.

Dresden,

Woldemar Türk.

1867.

Auf den Wunsch vieler Freunde übergebe
ich vorstehende Abhandlung dem Druck; dieselbe
macht keine besonderen wissenschaftlichen An-
sprüche, giebt sich vielmehr als das, was sie war
und ist: Ein gelegentlich gehaltener Vortrag im
Verein für Erdkunde zu Dresden.

**Emil Ulrici.**

Wenn ich mir erlaube, im Nachstehenden ein Thema
zu behandeln, dem bisher wohl kaum genügende Aufmerksamkeit geschenkt worden, so folge ich nur einem
längst von mir gehegten Wunsche, die Beobachtungen,
welche ich während eines längeren Aufenthaltes unter
den Indianern der Vereinigten Staaten in den Jahren
1849 und 1850 sammelte, weiteren Kreisen zugänglich
zu machen; ich werde deshalb in dieser Abhandlung
möglichst Selbsterlebtes und eigene Beobachtungen mit-
theilen; wo ich jedoch genöthigt bin, über eigene Beobachtungen hinaus zu gehen, wie dies ganz besonders in den
ersten Kapiteln dieser Skizze der Fall sein wird, werde
ich mich streng an die officiellen Berichte der Vereinigten
Staaten Agenten — des Superintendenten der Indianer-
Angelegenheiten (superintendent of Indian affairs) und
Schoolcraft's, im Auftrage der Vereinigten Staaten Regierung herausgegebenes Werk — halten; auch die
Beobachtungen und Mittheilungen persönlicher Freunde
und Bekannten, mit denen ich vielfach Gelegenheit hatte,
das hier behandelte Thema zu besprechen, benutzen.
Unter Letzteren bin ich besonders dem seit einigen Jahren verstorbenen Herzog Paul von Würtemberg und
dem noch jetzt lebenden General John C. Frémont für
manches interessante Material zum Danke verpflichtet;

möge Letzterer der Wissenschaft noch lange erhalten bleiben. — Wo ich genöthigt sein werde, aus anderen Autoritäten zu schöpfen, werde ich die Quellen stets angeben. —

Es ist natürlich, dass ein so unendlich reiches Material, wie das mir hier vorliegende, in einer einfachen Abhandlung nur skizzenartig behandelt werden kann, und bleibt die vollständige Durchführung des von mir hier Dargelegten einem umfassenderen Werke vorbehalten.

Ehe wir auf die Sitten, Gebräuche etc. der Indianer speciell eingehen, wird es nöthig sein, vorher drei Fragen von Wichtigkeit zu beantworten, die auf unsere spätere Besprechung von Einfluss sein dürften, nämlich:

1) **Seit welcher Zeit ist Amerika den Bewohnern der alten Welt bekannt?**

2) **Sind die in Amerika lebenden Indianer Urbewohner des Landes oder selbst Eingewanderte?**

3) **Sind wir berechtigt, die Indianer eine besondere Race zu nennen, oder besitzen dieselben nicht hinreichende Racen-Eigenthümlichkeiten, um diese Ansicht zu rechtfertigen?**

Was nun unsere erste Frage anlangt: **Seit welcher Zeit ist Amerika den Bewohnern der alten Welt bekannt?** so ist es eine allgemein bekannte Thatsache, dass Columbus keineswegs der erste Europäer war, der Amerika betrat, dass vielmehr lange vor dem Jahre 1492, ja schon gegen Ende des IX. Jahrhdts. den unternehmenden seefahrenden Nationen des nördlichen Europa jener Welttheil bekannt und derselbe oft und häufig von ihnen besucht wurde. Isländer waren es, die im Jahre 895 den nördlichen Theil von Amerika entdeckten; beinahe hundert Jahre später zur Zeit Erichs des Rothen im Jahre 982 bewerkstelligten dieselben dort Ansiedlungen unter Are

Marson von Reykholar und Versuche wurden gemacht, das Christenthum einzuführen. Bjorn Asbrandson von Island drang im Jahr 1001 weiter südlich vor und die Gebrüder Zeni machten in den Jahren 1388—1390 wichtige Entdeckungen im Atlantischen Meere, ja es befindet sich noch jetzt in der öffentlichen (ehemals herzoglichen) Bibliothek von Venedig eine Karte des Atlantischen Oceans vom Jahre 1436, auf welcher die Namen Braszíl und Antillia schon vorkommen.

Ganz besonders sind es die Berichte der Königlichen Gesellschaft für nordische Alterthümer in Copenhagen (Nordiske Oldskrift-Selskab), vorwaltend jene Berichte, welche in die Jahre 1838—1842 fallen, die jedem Forscher die Gewissheit geben, dass Amerika schon gegen das Ende des vorigen Jahrtausend von den unternehmenden seefahrenden Nationen des nördlichen Europa besucht wurde. In kleinen Schiffen kamen sie von Island aus nach Grönland hinüber und befuhren den nördlichen Theil des Atlantischen Meeres; die Inseln, welche zwischen Island und Neufundland lagen, waren ihnen bekannt, sie besuchten Neufundland, Neuschottland und gelangten weiter südlich an die Küste eines Landes, welches sie Vinland nannten, und das, wenn man die damals allerdings mangelhaft geführten Schiffsjournale, sowie ihre unvollkommenen nautischen Beobachtungen zu Rathe zieht, etwa da gelegen haben muss, wo sich gegenwärtig die Staaten Massachusets und Rhode Island befinden, unter dem 42. Grade n. B. — Es scheint sogar wahrscheinlich, dass die Scandinavier zu jener Zeit weiter südlich bis nach Florida vorgedrungen sind, doch unterliegt dies gewissen Zweifeln, besonders, weil auf den primitiven Karten jener Zeit*) die Bay von New-York, die Cheaspeak-Bay und alle jene

---

*) In Copenhagen erschienen.

tief in das Land einschneidenden Buchten kaum an-
gedeutet sind; es lässt sich kaum annehmen, dass jene
für die Küstenschifffahrt so wichtigen Zufluchtsplätze den
Scandinaviern gründlich bekannt waren; sicherlich würden sie dieselben in diesem Fall auf ihren Karten sorgfältig verzeichnet haben; ebensowenig können wir ver-
muthen, dass der Seefahrer jener Zeit sich auf das offene
Meer hinausgewagt hat, während es in seiner Gewalt
stand, an der Küste entlang zu segeln, um so mehr, da
ihm etwas weiter südlich sogar die Meeresströmung ent-
gegen war. — Was nun die Traditionen der Indianer
anlangt, so sprechen sich die, der meisten Stämme, ob
sie hoch oben im Norden oder weiter zu nach Süden
ihren Wohnsitz hatten, fast einstimmig dahin aus, dass
ihr Land lange vor der Zeit des Columbus von weissen
Leuten besucht worden; nur in Bezug auf die Zeit,
wann dies geschehen, differiren ihre Angaben weit, während einige Nationen den ersten Besuch der Weissen
bis in das dritte Jahrhundert unserer Zeitrechnung zurückführen, fand nach anderen Traditionen dies Ereigniss zuerst um das dreizehnte Jahrhundert statt. — Es
scheint sonach wahrscheinlich, dass die Ostküste Amerikas vom 25. bis zum 50. Grad n. B. zu verschiedenen
Zeiten, von verschiedenen Europäischen Völkern, an verschiedenen Plätzen, vor der Zeit des Columbus besucht
worden; dass schon im neunten Jahrhundert solche Be-
suche stattfanden, und dass vielleicht schon lange vor
jener Zeit fremde Völker an jenem Continent landeten;
wir wollen uns einstweilen damit begnügen; im Ver-
lauf dieser Abhandlung werde ich nachzuweisen suchen,
dass auch von Asien aus vor der Zeit des Columbus
eine Einwanderung nach Amerika stattfand. —

**Anmerkung.** Es mag uns sonderbar erscheinen, dass ein
ganzer Continent einzelnen Europäischen Völkern bekannt gewesen
sein soll, ohne dass diese Kenntniss für andere Nationen existirte,

indessen dürfen wir nicht vergessen, dass es zu jener Zeit eine Wissenschaft im jetzigen Sinne überhaupt nicht gab; damals war die Gelehrsamkeit, die Wissenschaft, eine individuelle — mindestens lokale; gegenwärtig ist sie universel, und was heute ein Seefahrer, ein Forscher oder Gelehrter findet oder entdeckt, das eilt mit der Schnelligkeit des Blitzes durch alle civilisirten Länder und wird Gesammteigenthum nicht nur der Gelehrtenwelt, sondern selbst der grossen Masse; anders damals. — Ich befinde mich im Besitze eines kleinen Buches, welches das Gesagte illustrirt, — ich fand es auf einer Amerikanischen Farm in Jefferson County im Staate Missouri und es wurde dazu benutzt, um die heiss vom Feuer genommenen Kaffeetöpfe darauf zu stellen, — der Titel des Werkes ist: „Cosmographia oder kleine Beschreibung der ganzen Welt, von den vier Welttheilen Europa, Asia, Africa und America wie auch von den vier Elementen etc. etc." — Das Buch ist in Leipzig gedruckt, eine Jahreszahl trägt dasselbe nicht, doch lässt sich aus Druck, Papier und Sprache abnehmen, dass es etwa um das Jahr 1600 erschienen sein mag, also vor ungefähr 250 Jahren. — Das 13. Capitel lautet folgendermassen: Von dem vierten Theil America. — **In America ist der fürnehmste Ort Japonia, hat auf 72 Königreiche unter sich, liegt naechst an China und ist dreymal grösser als Welschland;** — der gelehrte Verfasser fährt dann fort theils die Chinesen und Japanesen, theils die Indianer zu beschreiben, und mischt dies Alles auf eine so lächerlich curiose Weise unter einander, dass man das Ganze für eine absichtliche Ironie halten könnte. — Wenn nun dergleichen mehr wie hundert Jahre nach der Entdeckung Amerikas durch Columbus und noch vor etwa 250 Jahren geschrieben werden konnte, so darf es uns nicht Wunder nehmen, dass 500 Jahre früher die Entdeckung eines Landes vollständig spurlos an Allen, die nicht unmittelbar dabei betheiligt waren, vorüber ging. —

Gehen wir nun zu unserer zweiten Frage über: **Sind die Indianer Amerikas Urbewohner des Landes, oder sind sie selbst Eingewanderte?** — Zur Beantwortung dieser Frage sind wir leider fast ausschliesslich auf die Berichte, Traditionen und Sagen der Indianer selbst angewiesen; da uns ihre Sprachen, Gottesverehrung, Sitten und Gebräuche nur unwesentliche Anhaltspunkte, und zwar nur bei einzelnen Stammgenossenschaften bieten. —

Sir Alexander Mackenzie, der unter den arctischen Indianerstämmen reiste, berichtet von den Chepewayans, dass unter ihnen die Sage herrscht, sie kämen ursprünglich aus einem anderen Lande, welches von sehr bösen Leuten bewohnt gewesen; dass sie einen grossen See, eng und voller Inseln hätten überschreiten müssen, — dass sie dort viel Elend ausgestanden, weil ein fortwährender Winter geherrscht, und Eis und Schnee mit sich gebracht hätte. — Das Vorwärtsschreiten dieses Stammes, bemerkt Mackenzie weiter (pag. 387), wie überhaupt das, der grossen Athapasca-Familie, war ein regelmässiges von Westen nach Osten zu, sie kamen also nach ihrer eigenen Tradition aus Sibirien und stimmen auch in Kleidung und Sitten vollständig mit jenen Völkern überein, die gegenwärtig an den nördlichen Küsten Asiens gefunden werden. —

Die Shawanoes, ein Stamm der Algonquin-Familie, haben ebenfalls die Sage fremder Abstammung. — John Johnston (früher Indianeragent) bemerkt in einem Briefe vom 7. Juli 1819: (vide: Archaeologia Americana pars I. pag. 273) diese Nation hat eine Tradition, ihre Vorfahren seien über das Meer gekommen, sie sind der einzige mir (Johnston) bekannte Indianerstamm, der behauptet von fremder Abstammung zu sein; bis vor kurzer Zeit hielten sie jährlich Festlichkeiten und brachten Opfer dar, zur Feier ihrer glücklichen Ankunft in diesem Lande. — Von wo sie kamen oder zu welcher Zeit sie in Florida (ihrem früheren Wohnsitze) anlangten, — ist ihnen nicht bekannt; übrigens herrscht unter ihnen die Ansicht, dass Florida schon vor ihrer Zeit von Weissen bewohnt gewesen, welche eiserne Werkzeuge besessen hätten. — Johnston erzählt weiter, dass Blackhoof ein berühmter Häuptling ihm gesagt, alte Leute hätten oft davon erzählt, dass früher häufig Baumstämme gefunden wären, hoch mit Erde bedeckt und mit Rasen überwachsen, die augenscheinlich durch geschärfte eiserne Werkzeuge niedergeschlagen worden seien. —

Wir haben hier die Tradition eines Stammes aus dem hohen Norden, und eines zweiten aus dem südlichen Theile Nord-Amerikas, wenden wir uns noch weiter südlich nach Mittel-Amerika, zu den alten Mexikanern, zu jenem Volke, welches zur Zeit der Entdeckung Amerikas durch Columbus schon einen nicht unbedeutenden Culturgrad erreicht hatte, und hören wir, was Jene uns berichten. —

Montezuma erzählte Cortez von einer Verwandtschaft zwischen der Aztekischen Race und den Nationen der alten Welt, ja, nach der Tradition, wie sie von Don Antonio Solis aufbewahrt ist, behauptete jener Monarch, dass zwischen ihm und den Beherrschern Spaniens eine directe Verwandtschaft bestände. — Bei einer Unterhaltung mit den Spaniern, in welcher diese ihn veranlassen wollten die Oberherrschaft Spaniens anzuerkennen, sagte er unter anderem: Ehe ihr eure Reden beginnt, will ich euch nur bemerken, dass es eurer Ueberredung da nicht bedarf, wo es sich um Sachen handelt, mit denen wir durchaus nicht unbekannt sind, wir wissen sehr wohl, dass der grosse Fürst, dem ihr gehorcht, von unserem alten Quetzalcoatl abstammt, dem Herrn und Könige der sieben Nationen (the seven caves) der Navatlagues, welche unser Mexikanisches Reich gründeten; durch eine seiner Prophezeiungen, die wir als unantastbare Wahrheiten betrachten, ebenso, wie durch eine Tradition, die seit vielen Jahrhunderten in unseren Analen aufbewahrt ist, wissen wir, dass der grosse Quetzalcoatl dies Land verliess, um fremde Nationen weit im Osten zu bekriegen; aber er hinterliess zugleich das Versprechen, dass im Laufe der Zeit seine Nachkommen zurückkehren würden, um unsere Gesetze zu verbessern und unsere Regierung zu befestigen; —

soweit Montezuma. — Die allgemein unter dem Volke verbreitete Tradition war, dass sie aus einem anderen Lande stammten; dass sie bei ihrer Einwanderung über das grosse Wasser kamen, ist durch eine ideographische Darstellung oder Karte dargethan*), die uns Botturini aufbewahrt hat (publicirt 1839 von John Delafield jr. in Cincinnati).

Durch den Codex Tellurianus und den Codex Vaticanus, die uns beide erst durch Lord Kingsborough zugänglich gemacht worden, erfahren wir zwar, dass es unter den Azteken, während der Dauer ihrer Herrschaft überhaupt keinen Regenten Namens Quetzalcoatl gab, dass jener Name vielmehr einem Herrscher der Tolteken zukommt; und wir müssen deshalb wohl annehmen, dass Montezuma, wenn er in der angegebenen Weise von dem Herrscher der sieben Nationen (seven caves) sprach, sich als einen der gesetzlichen Nachfolger desselben betrachtete, obgleich aus anderem Stamm, und hier nur der allgemeinen Geschichte Mexikos, nicht aber seiner speciellen Dynastie erwähnte. —

Auf keinen Fall waren, wie schon bemerkt, die Azteken Urbewohner des Landes, denn sie fanden nach allen, auch ihren eigenen Berichten schon ein kräftiges Reich unter den Tolteken**) vor, denen sie tributpflichtig wurden, und jene wieder (die Tolteken) bestätigten, dass

---

*) Ich bedaure die Karte hier nicht beifügen zu können, es scheint mir dieselbe mit ziemlicher Sicherheit nachzuweisen, dass wenigstens die Azteken nicht Urbewohner Mexikos waren. —

**) Theodor Olshausen giebt an, dass die Chechemecas im Jahre 1170 Mexiko von den Tolteken eroberten, aber von den Azteken wieder vertrieben wurden, die erstere Angabe ist richtig, die Chechemecas eroberten in der That um das Jahr 1170 Mexiko, doch war ihre Herrschaft nur eine vorübergehende, und im Jahr 1216 als die Azteken in Mexiko ankamen, waren die Chechemecas schon wieder von den Tolteken verjagt.

vor ihnen die Olmeken das Land inne hatten, und dass
sie selbst von Süden aus eingewandert seien. — Ferdi-
nand d'Alva sucht nachzuweisen, dass die Herrschaft der
Olmeken in das dritte Jahrhundert n. Chr. fällt. — Die
Azteken gelangten erst im Jahre 1399 zur Herrschaft
und waren damals nach ihrer eigenen Rechnung bereits
183 Jahre im Lande und unter der Herrschaft der Tolteken gewesen; es hat also danach ihre Einwanderung
von Osten her über das Meer im Jahre 1216 n. Chr.
stattgefunden*). —

Es kann zuweilen vorkommen, dass Nationen, die
nie mit einander in Berührung standen, gewisse allgemeine Gebräuche und Gewohnheiten gemein haben; allein,
wo ganz besondere Gewohnheiten und eigenthümliche
Gebräuche mehreren Völkern gemeinschaftlich angehören,
sollte man stets auf die Möglichkeit einer früheren Be-
kanntschaft oder eines näheren Zusammenlebens solcher
Völker unter einander Rücksicht nehmen. — Hier und
da möchte man in den Gebräuchen und der Gottesverehrung der Indianer einen Schatten Asiatischen Ursprunges wahrnehmen, doch bleibt es eben allenthalben
nur ein Schatten; so unter anderem der Gebrauch sich
die Bekleidung zu zerschneiden und selbst Arme und
Beine zu ritzen, um dadurch die Trauer für einen Verstorbenen zu manifestiren. — Erwähnung dieses Ge-
brauches finden wir nicht nur in den heiligen Schriften,
sondern auch Griechische und Römische Schriftsteller er-
wähnen desselben, als uncivilisirten Völkern eigenthümlich. — Schoolcraft behauptet, dass die Mode des Scal-
pirens bei den Hebräern gebräuchlich gewesen sei, und
führt als Beweis die Psalmen an, Schreiber dieses hat
sich alle Mühe gegeben in den Psalmen eine Andeutung

---

*) Nicht wie Dr. Kraft in seiner Religionsgeschichte und Re-
ligionsphilosophie anführt im zwölften Jahrhundert. —

darüber zu finden, doch vergebens; überhaupt bin ich geneigt Schoolcraft stets da zu misstrauen, wo irgend eine biblische Tradition anderweiter Bestätigung wartet; dieser verdienstvolle und gelehrte Compilator sucht nur zu häufig die Wissenschaft zum Besten der geoffenbarten Religion auf nicht gerade gerechtfertigte Weise auszubeuten. —

Die Lehre von der Unsterblichkeit der Seele wird von den meisten Indianerstämmen Nord-Amerikas für unfehlbar gehalten, und Jeder muss diese Ueberzeugung gewinnen, der nur ein einziges Mal der Bestattung eines Indianers beigewohnt, oder die Rede mit angehört, die an den Körper gehalten, wenn derselbe öffentlich ausgelegt ist. — Der Körper wird, wenn möglich, an einer hochgelegenen trockenen Stelle, in seiner besten Kleidung, umgeben von seinen Waffen, Werkzeugen und seinem Schmuck bestattet; während mehrerer Nächte wird am Grabe des Entschlafenen das symbolische Todtenfeuer angezündet, und wenigstens bei den Stämmen der Algonquins dem Todten längere Zeit hindurch Nahrung dargebracht; alles dies scheint auf den Glauben zu deuten, dass die Seele die Achtung beobachte, welche ihrem Körper gezollt wird, und dass man eine spätere Wiedervereinigung beider erwartet. Fast scheint es, als ob sie an eine spirituelle und lokale Seele glauben, — an einen abwesenden und gegenwärtigen Geist im Todten, denn viele der Proceduren, die sie mit dem todten Körper vornehmen, scheinen nicht für einen von oben oder von ausserhalb zuschauenden Geist des Verstorbenen, sondern für den mit vollem Verständniss begabten todten Körper vor ihnen berechnet zu sein. —

Eine der ältesten und unbezweifeltsten Glaubenslehren der Indianer ist die vom Dualismus der Gottheit, gerade wie sie Zoroaster in der Zend-Avesta lehrt, und wie sie eine allgemeine uralte orientalische Glaubensregel

war, schon lange, bevor der Sohn Terah's die Ebenen
Persiens durchreiste und den Euphrat überschritt. —
Allenthalben wohnt unseren Amerikanischen Indianern
diese dualistische Idee inne; sie nehmen in der Gottheit
ein gutes und ein böses Princip an, die unter Umständen
von einander getrennt sind, aber erst gemeinschaftlich
die Gottheit ausmachen. — Manito der Mächtige, der
Himmel und Erde regiert und zugleich der Wa-zha-waud
(Schöpfer) ist, zerfällt in Gitsche (Gezha) Manito, eine
mehr passive Gottheit, dessen Attribute Güte und Frucht-
barkeit sind, und in Matschi Manito den bösen Geist,
der stets das Gute zu zerstören trachtet, welches Gitsche
Manito vollbracht; — und so wie bei den Persern dem
Ahriman, bei den Indiern dem Schiwa, und bei den
alten Preussen dem Pikullos, mehr Verehrung gezollt
wurde, wie dem Ormuz, dem Brama-Wischnu, und dem
Perkunnos-Potrimpos, so wird auch bei den Indianern
dem Matschi Manito bei weitem mehr Aufmerksamkeit
geschenkt, wie dem Gitsche Manito*).

Eben so ausgeprägt, wie der göttliche Dualismus,
ist bei den Indianern die Idee, dass die Sonne, das
Symbol des wohlthätigen Schöpfers des Wa-zha-waud,
auch wohl des Gitsche Manito ist. — Trotz dieser Aehnlichkeit in Betreff der Gottesverehrung, so wie sehr ähnlicher Körperbildung, scheinen die Amerikanischen In-
dianer· doch nur äusserst wenige Gebräuche mit den
Asiatischen Völkern gemein zu haben. —

Sie verbrennen ihre Todten nicht, Witwen opferten
sich nie ihren verstorbenen Männern, man hat nie gehört, dass alte Leute in die geheiligten Wellen des
Mississippi, Orinocco oder Amazonenstrom gestürzt
worden, und es herrscht auch keine Spur indischen

---

*) Auf das Wort Manito selbst und dessen eigentliche Be-
deutung werde ich wohl später noch zurückkommen. —

Kastensystems; sonderbar bleibt der den Hebräern ganz analoge Gebrauch periodischer Trennung von den Frauen bei den Indianern, und die allgemeine damit verbundene Idee der Unreinheit. —

Fassen wir nun das bisher Gesagte zusammen, so scheint es wahrscheinlich, dass der Amerikanische Continent in uralten Zeiten von einem ihm eigenthümlichen Menschenstamme bewohnt wurde, dass jedoch, zur Zeit der Entdeckung Amerikas durch Columbus, dieser Urstamm sich vielfach mit fremden, eingewanderten Elementen vermischt hatte. — Im Nord-Westen waren es Asiatische, im Nord-Osten Scandinavische Völkerschaften, die sich in Amerika niederliessen und mit den Eingeborenen vermischten. — Was endlich Mittel-Amerika speciell Mexiko anlangt, so scheinen die Olmeken Urbewohner des Landes gewesen zu sein, die Tolteken kamen von Süden, also ohne Zweifel aus Süd-Amerika, und verdrängten Jene; die Azteken endlich waren ein eingewandertes Volk und kamen von Osten her über das Meer; allein, da es sich hier nicht um ein einzelnes vom Winde verschlagenes Fahrzeug, sondern um die auf Schiffen vollführte Einwanderung eines ganzen Volksstammes handelt, so können wir unmöglich annehmen, dass die Azteken von den zunächst gelegenen Küsten Afrikas oder Europas kamen (auch hatten sie mit den Völkern, welche die Westküste Afrikas bewohnen, nicht die geringste Aehnlichkeit), es liegt vielmehr die Vermuthung nahe, dass sie vor ihrer Einwanderung nach Mexiko Bewohner der westindischen Inseln waren, und dass somit die gegenwärtige sogenannte Indianerrace Nord- und Mittel-Amerikas aus einem Gemisch von Völkern Asiatischen, Europäischen und Westindischen Ursprunges mit den Urbewohnern des Landes besteht. —

An diese Betrachtung reiht sich nun in unmittelbarem und engem Zusammenhange unsere dritte Frage:

**Sind wir berechtigt die Indianer eine besondere Race zu nennen?** — und es freut mich, dass ich hier wieder im Stande bin eigene Betrachtungen zu geben, während ich in dem Vorhergehenden genöthigt war vielfach andere Quellen zu benutzen. —

„Die Amerikanische Race mit breitem Gesicht, tiefliegenden Augen, stumpfer Nase, dicken schwarzen Haaren, und kupferrother Hautfarbe." — Das ist die gewöhnliche Beschreibung, welche naturwissenschaftliche Bücher von unseren armen Indianern liefern, und diese Beschreibung passt doch auf die Gesammtheit der Indianer nur ausserordentlich wenig. —

Was zunächst die Farbe anlangt, so habe ich Indianer von der Farbe eines etwas sonnverbrannten Weissen, bis zu der eines tiefen kaffeebraun, und in allen dazwischen liegenden Nüancirungen gesehen; die eigentliche Kupferfarbe ist mir nur sehr selten vorgekommen (bei den Kaws) und zwar hauptsächlich bei den unter dem 40.—45. Grade n. Br. wohnenden, völlig uncivilisirten Stämmen, und auch bei ihnen meistens nur im Spätherbst und Winter; ich bin fast geneigt, dies sogenannte kupferroth mehr der Einwirkung der Kälte auf unbedeckte Körpertheile, wie der natürlichen Färbung der Haut zuzuschreiben, immerhin ist die Hautfarbe bei den einzelnen Indianerstämmen so verschieden, dass wir dieselbe nicht als eine Raceneigenthümlichkeit zu betrachten berechtigt sind. — Wenn einer unserer mehr oder weniger civilisirten Indianer sich in Europäischer Kleidung auf den Strassen irgend einer grossen Stadt zeigte, so würde er vollständig unbeachtet bleiben, man würde ihn seiner Gesichtsfarbe und seiner Physionomie nach für einen Bewohner des südlichen Frankreichs, Italiens oder Spaniens halten, aber sicherlich nicht für eine sogenannte Rothhaut; — etwas anders verhält es sich eigenthümlicher Weise mit den Frauen; — wo, und in welcher Kleidung man sie auch sehen mag, die Indianerin ist in den meisten Fällen unverkennbar, — selbst bei der Vermischung Weisser mit Indianern haben die männlichen Nachkommen schon im ersten Gliede den Indianertypus fast vollständig verloren, während derselbe beim weiblichen Geschlecht bis in das dritte Glied kenntlich bleibt, auch da, wo nur noch ein Viertel Indianerblut vorhanden ist; es ist eine interessante Aufgabe für den Physiologen diese auffallende Erscheinung zu erklären. — Wenn wir den Neger in Europäische Tracht kleiden, so wird er auch, abgesehen von seiner Hautfarbe (ich habe fast weisse Glieder der Afrikanischen Race gesehen) stets kenntlich bleiben, durch seine eigenthümlich geformten Lippen, seine meistens hervorragenden Kiefer, seinen niedrigen Gesichtswinkel und seine etwas seitwärts gestellten Waden, die ihm einen schlürfenden Gang geben; — der Mongole wird in keiner Tracht sein eckiges Gesicht, und seine schmalen, schräg geschlitzten Augen verläugnen können; bei den Indianern finden wir solche auffallende Racenkennzeichen nicht; sein Körperbau ist kräftig und voll Ebenmass, seine Brust gewölbt, sein Gesicht wohlgeformt und nicht auffallend anders wie bei dem Europäer, was das Haar betrifft, so ist dasselbe schwarz, schlicht und meistens dick, doch kommt auch mitunter seidenweiches glänzendes Haar vor. —

Ich habe das Haar von Indianern verschiedener Stämme, männlichen wie weiblichen Geschlechts unter dem Mikroskop untersucht, und fand die Dicke desselben (Ausnahmen abgerechnet) variirend von $\frac{8}{100}$ bis $\frac{9}{100}$ Millimeter, während ich das Haar des Kaukasiers von $\frac{8}{100}$ bis $\frac{9}{100}$ Millimeter variirend fand, der Unterschied ist also auch in dieser Beziehung nicht so ausserordentlich, und man würde sich sonach zu der Annahme berechtigt fühlen, dass die Amerikanischen Indianer, in

physiologischer wie in anatomischer Beziehung von dem
Kaukasier sich nicht genügend unterscheiden, um ihnen
die Bezeichnung einer besonderen Race zu geben. —
Schreiber dieses war selbst viele Jahre lang der Ansicht,
dass die Indianer sich nur höchst unwesentlich von den
Europäern unterscheiden, und dass diese Differenzen
ganz zufälliger Natur seien, herbeigeführt vielleicht durch
verschiedene Lebensweise, verschiedenes Klima und verschiedene Culturstufe; erst in letzterer Zeit habe ich
diese. Ansicht theilweise fallen lassen und bin geneigt
anzunehmen, dass wenigstens die Amerikanische Ur-
Race mit den Kaukasiern keineswegs identisch ist. —

Dr. P. A. Browne von Philadelphia hat mit grosser
Sorgfalt und Genauigkeit das Haar der Indianer mit
dem Mikroskop untersucht (sein Werk * ist mir erst
kürzlich zugänglich geworden) und sagt: das Haar des
Amerikanischen Indianers hat eine cylindrische oder fast
cylindrische Form, während das des Europäers oval ist,
es tritt zwar, wie das des Europäers im schrägen

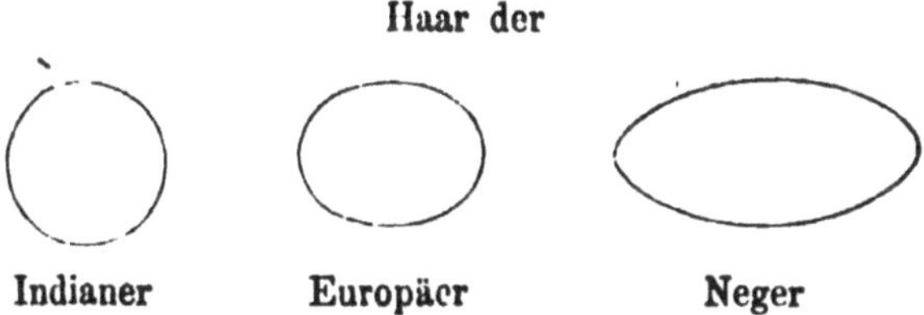



Winkel aus der Epidermis hervor, doch hat dasselbe
keinen Mittelkanal für den Farbestoff, es ist derselbe
vielmehr in der Rinde und den Fibern vertheilt, und
differirt also das Indianerhaar wesentlich vom Haar
des Weissen dadurch, dass letzteres oval ist, und einen

---

*) Examination and description of the hair of the head of
the North-American Indians, and its comparison with that of other
varieties of men. —

Kanal zur Aufnahme des Farbestoffs hat. — Die cylindrische Form des Indianerhaars, fügt Dr. Browne hinzu, ist die Ursache, dass dasselbe gerade und starr herabhängt, während das Haar des Weissen vermöge seiner ovalen Form mehr wellenförmig erscheint; letztere Erscheinung tritt bei dem Indianerhaar ein, wenn man dasselbe durch starken Druck in die ovale Form überführt, und er schliesst hieraus rückwärts, dass alles gerad und starr herabhängende Haar cylindrisch, das wellenförmig auftretende oval ist*). Dr. Browne fügt einige Beispiele zur Erläuterung des Durchmessers verschiedener Haararten an, wie folgt:

Durchmesser

| | |
|---|---|
| 1. Haar einer nahe bei Lima in Peru gefundenen Mumie | $\frac{1}{364}$ Zoll cylindrisch. |
| 2. Haar einer bei Mexiko gefundenen Mumie . . | $\frac{1}{364}$ ,, ,, |
| 3. Haar einer in Brasilien gefundenen Mumie . . | $\frac{1}{281}$ ,, ,, |
| 4. Haar eines Bigwater Indianers . . . . . | $\frac{1}{250}$ ,, ,, |
| 5. Haar eines Sac-Indianers | $\frac{1}{266}$ ,, ,, |
| 6. Haar eines Chactaw-Indianers . . . . . | $\frac{1}{364}$ bis $\frac{1}{300}$ ,, oval. |
| 7. Haar eines Chinesen . . | $\frac{1}{297}$ ,, $\frac{1}{364}$ ,, ,, |
| 8. Haar von George Washington . . . . . . . | $\frac{1}{312}$ ,, $\frac{1}{410}$ ,, ,, |
| 9. Haar von Andrew Jackson | $\frac{1}{242}$ ,, $\frac{1}{332}$ ,, ,, |
| 10. Haar von Professor S. Haldermann . . . . | $\frac{1}{364}$ ,, $\frac{1}{434}$ ,, ,, |

*) Nach demselben Forscher tritt die Wolle des Negers im rechten Winkel aus der Epidermis hervor und hat ellyptische Form. —

Durchmesser

11. Haar von Graf Wass aus
Ungarn . . . . . . . $\frac{1}{387}$ bis $\frac{1}{416}$ Zoll sehr oval.
12. Haar vom Kaiser Napo-
leon I. . . . ·· . . . $\frac{1}{588}$ „ $\frac{1}{458}$ „ „
13. Haar eines Buschmanns
vom Cap der guten Hoff-
nung . . . . . . . $\frac{1}{313}$ „ $\frac{1}{850}$ „ ellyptisch.
14. Haar eines Congo-Negers,
Sklave in Wilmington . $\frac{1}{313}$ „ $\frac{1}{970}$ „ „

Betrachten wir uns diese Liste genauer, so finden
wir, dass das Haar der Amerikanischen Mumien ohne
Ausnahme cylindrisch, das der jetzt lebenden Indianer,
theils cylindrisch, theils oval ist, und wir haben hier
ein neues Argument für eine Vermischung der ursprüng-
lichen Indianerrace mit Völkern der alten Welt lange
vor der Zeit der Entdeckung Amerikas durch Columbus. —
So wie Dr. Browne das Haar, so hat Dr. Samuel
George Morton die Schädel der Amerikanischen Indianer
untersucht, und derselbe giebt in seiner Crania Ameri-
cana· pag. 250 an, dass von 138 Schädeln Amerikani-
scher Indianer, die er selbst untersucht, der mittlere
Gesichtswinkel sich auf 75 Grad und einen unbedeutenden Bruchtheil berechnet, während der Gesichtswinkel
des Kaukasiers im Durchsch. 80 Grad beträgt; die Un-
tersuchung des Dr. Morton liesse sich möglicher Weise
auf den niederen Culturzustand der Indianer gegenüber
dem Weissen zurückführen, allein die Untersuchungen
Browne's erfordern grössere Beachtung, und um nun
schliesslich die von mir zu Anfange dieses aufgeworfenen
drei Fragen in eine zusammenzufassen und gemeinschaftlich zu beantworten, so ist es meine Ansicht:

---

Anm. Das Haar der alten ägyptischen Mumien ist grössten-
theils rund, doch soll auch ovales gefunden sein.

„dass die Amerikanischen Indianer, wie sie jetzt und zur Zeit des Columbus existirten, aus einem Gemisch einer Amerikanischen Ur-Race mit eingewanderten Asiatischen und Europäischen Völkerschaften bestehen, — dass ihre Vorfahren, theils Urbewohner des Landes, theils Eingewanderte waren, und dass solche Einwanderung zu verschiedenen Zeiten, aber da die Vermischung eine so vollkommene geworden, theilweise schon vor sehr langer Zeit, mindestens zu Anfang unserer Zeitrechnung stattgefunden haben muss; — da die Einwanderung jener Zeit der Zahl nach nicht sehr gross gewesen sein kann, und trotzdem die ganze ursprüngliche Race durchdrungen, man möchte sagen umgewandelt hat, so lässt sich daraus schliessen, dass die Bevölkerung Amerikas in frühesten Zeiten im Vergleich zu seiner Ausdehnung nur eine sehr geringe gewesen sein kann. —

Betrachten wir uns nun die Indianer selbst, in ihrem Leben, ihren Sitten, Gebräuchen und Sprachen. —

Ich bin hier sowohl, wie in Amerika häufig gefragt worden: **Verstehen Sie die Indianersprache?** — Es kam mir das etwa gerade so vor, als wenn man einen Chinesen fragen wollte: Sprechen sie Europäisch? Denn wenn die verschiedenen von den Indianern gesprochenen Sprachen auch in der Construktion und Satzbildung (wenn wir es so nennen dürfen) die grösseste Aehnlichkeit haben, so sind doch die Worte und Wort-Wurzeln vollständig von einander verschieden, und es haben die Indianersprachen für Europäer besondere und grosse Schwierigkeiten. — Schriftzüge waren den Indianern ursprünglich völlig unbekannt, und sie bedienten sich anstatt derselben einer rohen Bilderschrift. — Die Ab-

bildung eines Thiers oder dergleichen in einen Baum
geschnitten, war das Symbol (Totem) ihrer Nation, oder
einer Familie; und durch einzelne andere Figuren, die
durch den Gebrauch eine bestimmte Deutung erhalten
hatten, suchten sie wohl ihren Freunden eine einfache
Nachricht mitzutheilen. — Die Lautsprache aber, auf
die es hier fast allein ankommt, hat viele Eigenthüm-
lichkeiten, und ist äusserst schwer durch unsere Buch-
stabenschrift auszudrücken.

Die Algonquins häufen die Consonanten ausserordentlich, wodurch die Sprache eine schwer nachzu-
ahmende Härte bekommt; die Jroquois und Cherokees
haben dagegen einen Ueberfluss an Vokalen. — Man-
chen Stämmen fehlen einzelne Laute ganz, so den Oneidas das r — den übrigen Jroquois das l und sämmt-
liche Jroquois-Sprachen haben kein m — noch sonst
Lippenbuchstaben, letztere auch die Cheroskees nicht. —

An Wörtern haben alle diese Sprachen theils eine
grosse Armuth, theils grossen Reichthum. — Es fehlen
ihnen ursprünglich alle Wörter für abstracte Begriffe
und geistige Beziehungen; für Gerechtigkeit, Wahrheit,
Trauer etc. hatten sie keine Bezeichnung und drückten
diese Begriffe durch Allegorien und bildliche Umschrei-
bungen aus. — So bedeutet das Begraben des Tomahawks
Frieden; — Dornen des Cactus, die durch Moccassins
dringen: Trauer und Kummer, — die scheidende Sonne
oder ein wolkenfreier Himmel — Freude und Glück. —
Der Indianer kann auch nicht sagen — Haus, Vater,
Baum an sich, sondern er muss immer zugleich eine
bestimmte Beziehung hinzufügen, die wir durch Prono-
mina oder durch Genitive ausdrücken, wie dein Haus,
unser Vater, die Roth-Eiche vor meiner Hütte etc. —
Ebenso wenig kann er das Zeitwort absolut gebrauchen,
er kann also nicht sagen: ich liebe, ich hasse, sondern
er muss hinzufügen, was der Gegenstand der Liebe oder

des Hasses ist, er kann also seiner Grammatik nach nicht abstrahiren und nicht generalisiren. — Hieraus entspringt der scheinbare Reichthum der Sprache, der aber in Wirklichkeit ein grosser Mangel ist. — Der Indianer hat kein Wort für Baum im Allgemeinen, keins für Eichbaum, aber eine Menge Ausdrücke für die verschiedenen Arten von Eichen, die er auch nur gebrauchen kann unter Hinzufügung einer Vorsylbe, die die Beziehung ausdrückt, in welcher er sich eine bestimmte Eiche denkt. — Er benennt das individuelle Ding, er giebt seine Anschauung wieder in der Einheit des Ausdrucks, in welcher die logische Auflösung, die bei richtigem Gebrauche der Sprache hat vorgenommen werden müssen, — versteckt, gleichsam wieder absorbirt ist. — Auf diese Weise werden die Adjectiva in das Hauptwort eingeschoben und mit demselben verschmolzen; dies findet auch in ähnlicher Weise beim Verbum statt. — Die im Vorhergehenden theilweise beschriebene Haupteigenthümlichkeit der Indianischen Sprache, deren Wesen darin besteht, dass eine Gedankenreihe nicht in ihre Bestandtheile aufgelöst und in getrennten Wörtern ausgesprochen werden kann, sondern en masse, gleichsam in einem Wort oder vielmehr durch eine Gruppe von Sylben ausgedrückt wird, in welcher eine Begriffsbestimmung immer in die andere eingeschaltet oder derselben hinzugefügt wird, bis der ganze Gedanke in einen Ausdruck zusammengebracht ist, — nennt Wilhelm von Humboldt Agglutination, — Duponceau polysinthetisch und Francis Leiber nennt diese Bündel- oder Massenworte holophrastisch (wahrscheinlich von ὅλος und φράεω), Letzterer vergleicht sie mit jenen Kisten, von denen eine immer in die andere geschoben wird und die endlich doch nur wie eine Kiste aussehen. — Wenngleich nun die Indianersprachen, wie so eben bemerkt, in ihrer Construction sehr grosse Aehnlichkeit haben, so sind doch die einzelnen Wörter als Bezeichnung irgend eines Gegenstandes nicht nur bei den grossen Stammfamilien verschieden, sondern auch die einzelnen Stämme ein und derselben Familie weichen vollständig von einander ab. —

Zur Erläuterung des Gesagten mag die am Schluss angefügte Tabelle dienen, welche einzelne Worte der verschiedenen Indianersprachen in der einfachsten Weise wiedergiebt, die dem Indianer möglich ist.*) —

In welcher Weise die Zusammensetzung oder Zusammenschiebung der Wörter stattfindet, dafür mögen hier ebenfalls einige Beispiele dienen. —

Nach Ponccau heisst in der Sprache der Delawaren:
Kuligatschis = Gieb mir deine kleine Pfote
und ist zusammengesetzt aus
K*i* *wu*li*t* *wid*gat schis  } Gieb mir ist sub intel-
dein niedlich Pfote (diminutiv) }  ligirt
Nadholineen = Komm mit einem Kahn und setze mich
über
Nat*en* *amec*hol ineen
holen Kahn uns
diese zwei Beispiele mögen genügen. — Das Verbum schliesst stets das Subject und Object in sich und wird in dieser Gestalt durch alle Personen, Tempus, Modus abgewandelt und zwar in positiver und negativer Bedeutung, — frequentativ, reflexiv, causativ, compulsativ, applicativ, communicativ, mediativ, reverential und noch in unendlich vielen anderen Modalitäten. — Diese Vielseitigkeit ist so gross, dass man sagt, in der Schippewa-

---

*) Um die Indianersprachen haben sich verdient gemacht und darüber geschrieben: John Elliot in Cambridge 1685 — Professor Rüdiger in Stockholm 1696 — M. Maupertius und M. Türgot in Paris 1766 — Dr. Benj. Smith Barton, Prof. an der Universität von Pensylvanien — Professor Vater in Leipzig — Dr. Elias Bondinot — Professor Zeisberger. —

Sprache seien 5000—6000 mögliche Formen des Zeit-
worts, — das heisst, der Formen sind unerschöpflich
viele. —

Alle Indianischen Stämme sind in ausserordentlich
viele, zum Theil sehr kleine Genossenschaften getheilt. —
In Nord-Amerika (Mexiko und Mittel-Amerika aus-
geschlossen) unterscheidet man 12 Hauptstämme, von
denen einige in diesem Augenblick schon fast aus-
gestorben sind und zwar:

**I. Der Stamm der Algonquins,** der verbreitetste östlich
des Mississippi, reichte vom Savannah-Fluss an, nördlich hinauf bis zu den Eskimos und vom Atlantischen
Meere bis an den Mississippi, von den Völkern des
Algonquin-Stammes waren die hauptsächlichsten:
1. Shawnees: südlich vom Ohio, bis an den Cum-
berlandfluss.
2. Miami's: früher von der westlichen Spitze des
Erie-Sees längs dem Scioto bis zum Ohio.
3. Illinois: im jetzigen Staate Illinois, zu ihnen gehörten a. Kaskaskias, b. Cahokias, c. Tamaroras,
d. Peorias, e) Mitchigamias.
4. Kickapoos, Sacs (Sawhks) und Foxes, nördlich
an den Illinois grenzend, nach dem Foxriver zu
bis an die Quellen des Mississippi.
5. Potowatomics, zwischen den Miamis und Kickapoos am oberen Illinois und am Kankakee.
6. Chippewas und Menomonies, zwischen den Quellen des Mississippi und dem Michigan und Oberen See.
7. Kristinos oder Crees mit den Assiniboins unter-
mischt, zwischen dem Saskatchewan und Missouri.

**II. Der Stamm der Huron Iroquois;** zur Zeit der Entdeckung Amerikas sehr zahlreich und mächtig; der
Stamm zerfällt in die beiden Hauptabtheilungen:

1. Hurons oder Wyandotts, am St. Lorenz-Strom, ein Theil derselben, die Tuscaroras lebten abgesondert von ihren Stammgenossen in Nord-Carolina.
2. Eigentliche Iroquois auch die fünf Nationen (fivenations) genannt; vom Hudsonfluss und Champlain-See westlich bis an den Erie-See. — Sie bestehen aus:
   a. Mohawks — b. Oneidas — c. Onandogas — d. Cayugas — e. Senecas.

**III. Der Stamm der Cherokees** — ein Bergvolk, wohnte im südwestlichen Theile der Appalachen, in den Carolinas, Georgia und Alabama, war stets einer der gebildetsten und civilisirtesten Stämme, hat gegenwärtig eine vollständig geordnete Regierung, eine Volksvertretung, eine von einem Eingebornen erfundene Schriftsprache, Druckereien etc. etc.; bis zum letzten Amerikanischen Kriege hielt dieser Stamm Negersklaven. —

**IV. Der Stamm der Natchez;** eine kleine Nation, die im Staate Mississippi wohnte und in vielen ihrer Gebräuche und Gewohnheiten an die alten Mexikaner und Peruaner erinnert; sie hatten eine ganz besondere Sprache und waren die einzigen Indianer Nord-Amerikas, die geweihte Orte und Tempel hatten. —

**V. Der Stamm der Muskhogee-Choctas** im Süden der jetzigen Vereinigten Staaten, zu diesem Stamme gehörten folgende Unter-Abtheilungen:
1. Muskhogees oder Creeks, in Süd-Carolina, Georgia und dem östlichen Alabama.
2. Seminolen in Florida.
3. Chickasas am Blackriver und Yazoo, am Mississippi entlang bis zur Mündung des Ohio.

4. Choctas, südlich von den Chickasas bis an den Mexikanischen Golf.
5. Mobiles, östlich und westlich vom Mississippi; zu diesen gehören
   a. Appalachees — b. Alabamas — c. Chitimeches*) — d. Humas — e. Tunicas — f. Baluxes — g. Pascagoulas — h. Pacanas — i. Caddos — k. Tachies — l. Natchitochez m. Appelousas — n. Attacapas (i. e. Menschenfresser) — o. Chactoos. —

**VI. Der Stamm der Dacotas oder Sioux,** früher ein ausgebreiteter Volksstamm im Westen des Mississippi, vom Arkansas bis zum jetzigen Brittisch-Amerika. —
1. Winnebagos.
2. Sioux oder Dacotas im engeren Sinne, auch Nadowessier genannt.
   a. Tetonsaraus — b. Yanktoes — c. Yanctonies — d. Ogalallas — e. Tworille Band — f. Brucellares. —
3. Assiniboins.
4. Minetari.
   a. Mandans (mit fast weisser Hautfarbe) — b. Crow-Indianer oder Upsarokas.
5. Osages.
   a. Wankäshas — b. Kanzas — c. Jowas — d. Missouris — e. Ottoes — f. Omahas — g. Quapaws — h. Puncas.

**VII. Der Stamm der Pawnees** am Plattriver; sie sprechen eine, von allen anderen Amerikanischen Nationen vollständig verschiedene Sprache. —

---

*) Diese kleine Völkerschaft stammt wahrscheinlich von den Chechemecas ab, die im Jahre 1170 Mexiko eroberten. —

1. Die eigentlichen Pawnees.
2. Die Ricaras der schwarzen Pawnees.

**VIII. Der Stamm der Fall-Indianer** (von den Franzosen Gros ventres Dickbäuche genannt), sie selbst nennen sich Ahnenin, wohnen vom Saskatchawan bis südlich vom Missouri. —

1. Ahnenin, im engeren Sinne.
2. Arapahoes.

**IX. Der Stamm der Cheyennes** am Plattriver.

**X. Der Stamm der Blackfeet*)** am nördlichen Ufer des Missouri und am Yellowstone bis zu den Felsengebirgen. —

1. Blackfeets — 2. Bloods — 3. Small rovers — 4. Paegans.

**XI. Der Stamm der Paducas** östlich und westlich von den Felsengebirgen, unter diesen:

1. Panis oder Towiaches (nicht mit den Pawnees zu verwechseln).
2. Jetans oder Hietans, jetzt Comanches genannt.
3. Kaskaias oder Badhearts.
4. Keawas oder Kioways.
5. Baldheads (Kahlköpfe).
6. Utahs.

**XII. Der Stamm der Appaches** im jetzigen Neu-Mexiko und Texas.

1. Eigentliche Appaches.

---

*) Nach neueren Forschungen scheint es nicht unwahrscheinlich, dass dieser Stamm zu den Algonquius gehört. —

2. Lee-Panis (zeichnen sich durch abweichende Körperbildung aus und haben blondes Haar. — *)

Die Gesammtindianerbevölkerung betrug im Jahre 1850 (den letzten mir zu Gebote stehenden officiellen Quellen) für die Vereinigten Staaten und Canada zwischen 4 — 500,000 Seelen, davon kamen auf die Vereinigten Staaten 388,229 Köpfe, der Rest auf die Brittischen Besitzungen, vide: Official report of the Office of Indian affairs July 22. 1850. —

Betrachten wir uns nun die Indianer im Allgemeinen, in ihren Sitten, Gebräuchen und Gewohnheiten, so müssen wir dieselben vor allen Dingen in civilisirte, halbcivilisirte und uncivilisirte eintheilen; — die ersteren, zu denen besonders die Cherokees, Choctas, Creeks, Seminolen und Delawares gehören, habe ich kaum nöthig zu beschreiben, sie haben eine geordnete Regierungsform mit einem Häuptling, auch wohl President genannt, an der Spitze, ihm zur Seite steht eine aus freier Wahl hervorgegangene gesetzgebende Versammlung, auch stimmen sie in Religion, Kleidung, Sitten und in Allem, was den inneren und äusseren Menschen ausmacht, vollkommen mit dem civilisirten Europäer überein, und ein Brüsseler Teppich, so wie ein Piano von Steinway oder Chickering wird oft in den Wohnungen der reichen Cherokees gefunden; sie haben ausgedehnte Landgüter (farms), die sie früher theilweise durch Negersklaven bearbeiten liessen. —

Was die halbcivilisirten Indianer anlangt, zu denen die Kickapoos, Shawnees, Wyandots, Sacs und Foxes

---

*) In Aufzählung der Indianerstämme habe ich mich sorgfältig gehütet, die Namen derselben zu germanisiren, ins Deutsche zu übersetzen oder die deutsche Endung anzuhängen, wie dies leider so oft geschieht; die Verwirrung unter der grossen Menge von Namen kann dadurch nur vergrössert werden.

gehören, die sich jedoch einzeln nicht gut aufzählen lassen, da sich von Jahr zu Jahr neue Stämme der Civilisation etwas mehr anschliessen, — so führen dieselben fast dasselbe Leben wie der Amerikanische Hinterwäldler (backwoodman-Farmer und Jäger in den westlichen Wäldern und Prärien). Sie haben ihre Blockhäuser, Pferde, Ackergeschirre etc. etc., treiben Ackerbau und gehen viel auf die Jagd; der Hauptunterschied, der mir aufgefallen ist, besteht darin, dass jedes Dorf gewöhnlich ein gemeinsames Kornfeld (Maisfeld) hat, welches von Allen bearbeitet und der Ertrag getheilt wird, während der Anbau aller übrigen Feldfrüchte Privatsache des Einzelnen ist (diese Gemeinschaftlichkeit findet bei dem Amerikanischen Farmer nie statt, ist sogar entschieden gegen den Charakter des Weissen). Die Frauen dieser halbcivilisirten Indianer geniessen nicht jene Vorrechte und Privilegien, wie sie selbst bei dem ärmsten Farmer den Frauen und jungen Mädchen (ladys) eingeräumt werden, bei welchen der Respekt vor dem sogenannten schönen Geschlecht oft an das Lächerliche und Widerliche streift. — Schulen sind von Missionären fast allenthalben unter ihnen errichtet, und wird von den Lehrern derselben, meist Methodisten, auch von Zeit zu Zeit Gottesdienst gehalten. — So werden diese Indianer, wenn auch langsam, doch allmälig der Cultur zugeführt, und sind schon jetzt, wenn auch nicht besonders nützliche, so doch unschädliche Mitglieder der menschlichen Gesellschaft. —

Wir haben es hier hauptsächlich mit dem uncivilisirten Indianer, der eigentlichen sogenannten Rothhaut der Prärien zu thun; zu diesen gehören ausser vielen anderen kleineren Stämmen immer noch die Sioux, Poncas, Blackfeet, Sheyennes etc.; sie leben meistens in Dörfern zusammen; — die mehr stabilen — in Hütten aus Baumrinde, die wandernden in Zelten von Thier-

fellen, welche die Form eines Zuckerhutes haben; solche
Wohnungen sind schnell aufgebaut und eben so schnell
wieder fortgeräumt, wie es das Wanderleben dieser
Stämme nöthig macht. —

In der Mitte der Hütte, oder wenn dieselbe zu klein,
vor derselben, wird auf dem blossen Boden das Feuer
angemacht, anstatt des Schornsteins dient ein Loch im
oberen Theile des Zeltes oder der Hütte; das Haus-
geräth' besteht gewöhnlich aus einigen irdenen Töpfen,
einem eisernen Kessel, hölzernen Löffeln, Gabeln und
Schalen und aus Krügen, die ebenso wie die Schöpf-
löffel aus einer Kürbisart gefertigt werden. — Meistens
lebt nur eine Familie in derselben Hütte, doch kommt
es auch wohl vor, dass deren mehrere darin Platz finden;
besonders ist es gebräuchlich, dass der junge Gatte noch
eine Zeit lang nach der Verheirathung im Wigwam
seines Schwiegervaters wohnt, dem er dafür natürlich
seine Jagdbeute zu überbringen hat. — Der Act der
Verheirathung besteht in Nichts, als in der persön-
lichen Uebereinstimmung der beiden Betheiligten, mit
Zustimmung der Väter, besondere Ceremonien finden
nur selten statt, Zeugen sind nicht erforderlich, und wo
es die Mittel des Bräutigams erlauben, macht er wohl
seiner Auserwählten und deren Verwandten einige Ge-
schenke, übrigens kann er sich zu jeder Zeit wieder von
seiner Frau scheiden, die dann mit ihren Kindern wieder
in die Hütte ihres Vaters zurückkehrt, ist die Ehe kin-
derlos, so findet eine solche Trennung fast stets statt. —
Polygamie ist bei den meisten Indianerstämmen gebräuchlich, allein trotzdem werden die Familienbande
mit grosser Strenge aufrecht erhalten und der Stamm-
baum mit ängstlicher Sorgfalt geführt; — auch finden
bei den Algonquins Heirathen unter den Bewohnern
desselben Wigwam oder derselben Familie nicht statt,

bei den Cherokees dagegen war es früher gestattet,
Mutter und Tochter zugleich zu heirathen. —

Keuschheit steht im Allgemeinen bei den Indianern
in keinem besonders hohen Ansehen, und dem Fremden,
der in einem Indianerzelt übernachtet, werden von seinem Wirth oft bereitwilligst dessen Frauen und Töchter
angeboten, wenn letzterer erwarten kann, etwas Tabak
oder gar ein Messer von seinem Gaste geschenkt zu erhalten. — Die Geburten sind bei den Frauen der Indianer gewöhnlich sehr leicht, in einer Viertelstunde ist
meistens Alles vorüber, am nächsten Tage gehen sie
wieder herum und in drei bis vier Tagen verrichten sie
ihre gewöhnlichen Arbeiten. —

Die Männer jagen und führen Krieg, die ihnen noch
übrig bleibende Zeit verbringen sie mit Anfertigung
ihrer Waffen, Kähne (canoes) und Fallen, mit Reden in
ihren häufigen Versammlungen und endlich mit Essen
und Schlafen. — Die Frauen dagegen sind die thatsäch-
lichen Arbeiter, die Packesel, die Alles zu verrichten
haben. — Die armen Geschöpfe haben mich oft ge-
dauert, wenn sie mit Zeltutensilien, Fellen, Körben und
Kindern beladen, ein ebenfalls bepacktes Pony an der
Leine nach sich ziehend, langsam und müde dahin
schlichen, während der Herr Gemahl schön bemalt und
mit äusserst stolzem Gesichtsausdruck, die Pfeife im
Munde, neben her schritt oder ritt; die Frau hat nicht
nur Holz und Wasser herbei zu schaffen, das Essen zu
bereiten, die Kleidungsstücke anzufertigen, sondern auch
da, wo vielleicht ein wenig Ackerbau getrieben wird,
das Feld zu bebauen und die Früchte einzuheimsen, —
sie hat das vom Mann erlegte Wild nach Hause zu
schleppen, es zu zerlegen, das Fleisch durch Trocknen
oder Räuchern haltbarer zu machen, die Felle zu gerben
oder anderweitig für den Gebrauch herzurichten, Beeren
und Wurzeln für den Winter zu sammeln und hunderte

von andern kleinen Geschäften zu besorgen, wie sie bei Nomaden und Jäger-Völkern vorkommen. — Die meisten Frauen der uncivilisirten Stämme sind, wahrscheinlich in Folge solcher Behandlung, klein, dünnbeinig und dünnleibig, hässlich und verkommen und strotzen vollständig von Schmuz und Ungeziefer. —

Der Indianer bezieht seine Nahrung hauptsächlich durch die Jagd, nebenbei auch durch Fischfang und Anbau von etwas Mais; seine Waffen waren Bogen von hartem zähen Holz, vier Fuss lang, Pfeile von Holz etwa zwei Fuss lang mit einer Spitze aus Flintstein oder Eisen, ein Tomahawk von Stein, ein Skalpmesser und ein Speer; in neuerer Zeit bedienen sich viele Indianer auch der Flinten und Büchsen; dasjenige Wild, welches ihre hauptsächlichste Nahrung ausmacht, ist der Bison (buffalo-bos-americanus), der früher in Millionen von Exemplaren die westlichen Prärien bewohnte; ich selbst habe seiner Zeit noch Heerden von 3000—5000 Stück gesehen, doch sollen sie seit jener Zeit (1850) bedeutend abgenommen haben und es steht diesem schönen und nützlichen Thier aller Wahrscheinlichkeit nach das Schicksal des Auerochsen in Deutschland bevor, mit welchem der Bison auch die allergrösseste Aehnlichkeit hat. — Die im zoologischen Garten zu Dresden gehaltenen Auerochsen, die einzigen, die mir überhaupt zu Gesicht gekommen, gleichen unserem Amerikanischen Bison so vollständig, dass der Laie sie sicherlich mit einander verwechseln würde; der Unterschied zwischen beiden Thiergattungen besteht meines Erachtens nur darin, dass der Auerochse etwas grösser ist, und in der Stellung und Form der Hörner, während die des Auerochsen da, wo sie aus der Hirnschale hervortreten, mit unbedeutender Biegung direct nach oben gehen, wendet sich das Horn des Bison zuerst etwas seitwärts und tritt deshalb nicht so hoch über den Kopf hervor, ist mehr seitwärts gestellt und fast in der Mähne versteckt. —

Fällt die Büffeljagd schlecht aus, so leiden die Indianer meistentheils Hunger, und in solchen Fällen kommt es wohl vor, dass die Alten und Schwachen von den Kräftigen verlassen, dem Hungertode anheim fallen, auch wird ihrem langsamen Dahinsterben wohl durch einen Schlag mit dem Tomahawk ein schnelles Ende gemacht. —

Die Kleidung der Indianer besteht im Sommer aus einem um die Hüften gelegten Stück Zeug oder Fell und aus Moccassins, bei den Frauen fehlt auch diese geringe Bekleidung oft ganz. — Im Winter tragen sie Moccassins, Ledgings (eine Art primitiver Hose) und wickeln den Oberkörper in ein Bison-Fell oder eine wollene Decke (blanket), die, wenn es die Mittel des Indianers erlauben, roth oder blau ist; als Schmuck dienen ihnen dabei eine Art kleiner Jagdtaschen (hunting pouches), fast ganz von Perlen gearbeitet, welche an breiten, mit Perlen benähten Bändern hängen, ein mit Perlen und gefärbtem Gras gesticktes Band, an welches alle möglichen Kleinigkeiten, wie Nadelbüchsen etc. etc. befestigt werden, ferner Schnüre von Muscheln und bei dem tapferen Krieger ein Halsband von den Zähnen des grauen Bären (grizzli bear), so wie die getrockneten Kopfhäute (scalps) mit den daran befindlichen Haaren der erschlagenen Feinde. — Die Haut wird häufig tätowirt, gewöhnlich jedoch nur das Gesicht mit grellen Farben in eigenthümlicher oft höchst geschmackvoller Weise bemalt; — der Häuptling (schief-sachem) trägt ausserdem als Zeichen seiner Würde eine verzierte Adlerfeder auf dem Kopfe. —

Eine Hauptrolle spielt unter den Indianern die Friedenspfeife, das Calumet, jedes Dorf hatte eine solche, — gewöhnlich mit Adlerfedern und anderen Zierrathen ge-

schmückt; wenn ein Friedensbote mit dem Calumet an
eine Ortschaft kommt, hält er an, stösst einen gellenden
Schrei aus, worauf ihm der Häuptling des Dorfes mit
der Friedenspfeife seines Ortes und einem grossen Ge-
folge den Friedensgesang singend entgegengeht; beim
Zusammentreffen raucht dann jede Parthei die Pfeife
des anderen und der Friede ist dadurch anerkannt. —

Was die Religion der Indianer betrifft, so ist derselben schon zu Anfange dieses theilweise Erwähnung
geschehen, es mag hier nur noch bemerkt werden, dass
der Indianer das Göttliche in jedem Dinge findet, im
Stein, im Baum, im Thier, auch im Menschen, und je
nachdem ihm zufällig bei einem freudigen Ereigniss
dieser oder jener Gegenstand zu Gesichte gekommen,
wählt er solchen zu seinem speciellen Manitou-Haus-
gott-Schutzgeist, der viel Aehnlichkeit in Allem, was
man von ihm erwartet, mit den Penaten der Alten hat. —

Dass die Indianer Nord-Amerikas regelmässig Men-
schenopfer gebracht haben, wie die alten Mexikaner,
lässt sich nicht wohl annehmen, obgleich solche Opfer
ausnahmsweise und zu gewissen speciellen Zwecken wohl
vorkommen. — Der Missionär Jogues erzählt, dass die
Jroquois in seiner Gegenwart eine Gefangene vom
Stamme der Algonquins geopfert und dabei ausgerufen
hätten Areskui (der Kriegsgott), dir zu Ehren verbrennen wir dieses Opfer, verleihe uns dafür Sieg, allein
trotz der mannigfachen und vielfach verschiedenen reli-
giösen Vorstellungen hat es nie unter den Indianern
Nord-Amerikas einen eigentlichen Priesterstand gegeben,
denn die medicin-men (Medicin-Männer) sind mehr Doc-
toren, Gauckler und Propheten wie Priester. —

Es ist der Regierung der Vereinigten Staaten häufig
der Vorwurf gemacht worden, dass dieselbe absichtlich
dazu beigetragen, die Indianer auszurotten, theils durch
fortwährendes Zurückdrängen derselben nach Westen

und durch gewaltsame Versetzung nach Gegenden, die
ihren klimatischen Verhältnissen nach und sonstiger Um-
stände halber den Indianern nicht zusagten, theils durch
directe und oft massenhaft an ihnen verübte Grausamkeiten; — den ersten Vorwurf muss ich entschieden
zurückweisen, nicht die Regierung der Vereinigten Staaten, sondern die Civilisation hat den Indianer, welcher
sich derselben nicht fügen wollte, zurückgedrängt und
sicherlich zu seinem eigenen Besten. Was den zweiten
Vorwurf anlangt, so will ich bemerken, dass am 23. Sep-
tember 1851 ein ewiger Friede- und Freundschafts-Ver-
trag zwischen den Vereinigten Staaten einerseits und
den Sioux, Cheyennes, Arrapahòes, Crows, Assiniboins,
Grosventres, Aricaras und Mandans andererseits zu Fort
Laramie abgeschlossen wurde, in welchem sich die Indianer verbindlich machen, für alle, von Mitgliedern
ihrer Stämme an Weissen verübten Räubereien Schadenersatz zu leisten, dagegen garantiren die Vereinigten
Staaten Schadenersatz für alle Beraubungen, die den
Indianern durch Weisse zugefügt werden und zahlen den
Stämmen ausserdem einen Jahrgehalt von 50,000 Dollars
auf 50 Jahre als eine Entschädigung für das Wild, welches durch die, durch das Territorium wandernden Emi-
granten vertrieben wird; der Vertrag ist, wie Jeder
sieht, ausserordentlich liberal; nun kommt es aber häufig
vor, dass Weisse von Indianern beraubt und gemordet
werden, und dass der betreffende Stamm sich weigert,
den oder die Verbrecher auszuliefern, dieselben auch
wohl mit bewaffneter Hand gegen die Verfolger verthei-
digt, in solchen Fällen ist es nun freilich zuweilen vorgekommen, dass ein zur Verfolgung ausgesandtes De-
tachement von Soldaten, vielleicht unter dem Befehle
irgend eines jungen unbedeutenden Offiziers stehend,
wenn sie auf Widerstand stiessen, das betreffende Dorf
anzündeten und Alles was Leben darin hatte, Männer,

Weiber und Kinder, tödteten; allein eine solche Handlung der Rohheit und Brutalität wurde nie von der Regierung gut geheissen, vielmehr auf das Genaueste untersucht und je nach Thatbefund auf das Schärfste an den Frevlern gerügt. — Wenn nun in unserem aufgeklärten kosmopolitischen Zeitalter ein hochstehender General der civilisirtesten Nation der Erde, wie sich la grande nation so gern nennen hört, einen ganzen Araber-Stamm, Männer, Weiber und Kinder, in eine Höhle treiben und dort kaltblütig todt räuchern kann, ohne dafür zur Rechenschaft gezogen zu werden, so wird man es gewiss einem unbedeutenden Lieutenant der Vereinigten Staaten, der sich Jahre lang unter den wilden Indianerstämmen aufgehalten hat, verzeihen, wenn er sich vielleicht unnöthiger Weise zu Grausamkeiten hinreissen liess. —

Wenn man mich nun fragt, **welches ist die Zukunft der Indianer Nord-Amerikas?** — so antworte ch: sie haben keine Zukunft. — Die civilisirten und halbcivilisirten Stämme werden sich nach und nach den Weissen anschliessen, Steuern bezahlen und dadurch das Bürgerrecht der Vereinigten Staaten erwerben, sie werden sich mit den Weissen vermischen und bei ihrer verhältnissmässig geringen Zahl bald vollständig unter denselben verschwinden. — Die ungezähmten wilden Stämme der Prärien dagegen, die sich der Civilisation nicht fügen wollen, werden ihr Nomadenleben fortsetzen, so lange ihnen die Jagd noch hinreichende Nahrung liefert, und mit dem letzten Bison, den der Pfeil oder die Kugel des Jägers erlegt, wird auch der letzte rothe Mann von den Prärien des grossen Westen verschwinden; seine Zeit ist vorbei. —

Das unaufhaltsame eherne Rad der Civilisation rollt über die armen Rothhäute hinweg und zermalmt sie; — aber aus ihren Gräbern empor wachsen Fabriken und Paläste, blühende Städte und wogende Saaten, und wo einst der Wilde mit Bogen und Pfeil einsam den Wald durchstreifte, da werden Millionen arbeitsamer und fleissiger Menschen ein glückliches und zufriedenes Leben führen. —

Sollen wir diesen Wechsel des Schicksals bedauern, wir dürfen es nicht; der arme Indianer freilich verdient unser Mitleid, aber der Civilisation müssen wir Glück wünschen, dass ihr wieder ein grosses und gesegnetes Land erschlossen ist, bestimmt ein mächtiges Triebrad in der Cultur des Menschengeschlechts zu werden; — aufhalten lässt sich das Geschick der Indianer nicht, die Zeit rollt ruhig und gleichmässig, aber mit Riesenkraft vorwärts, und ob wir Pygmäen uns auch in die Speichen des Rades werfen, um den Fortschritt der Zeit, um die Civilisation aufzuhalten, es wird uns nimmer gelingen, denn eppur si muovo — **sie bewegt sich doch.** —

Dresden, Druck von E. Blochmann & Sohn.